A mi sobrino Lucas —Ana Galán.
A mis nietos —Marta Sedano.

© 2015, Editorial Corimbo
Av. Pla del Vent 56, 08970 Sant Joan Despí, Barcelona
e-mail: corimbo@corimbo.es
www.corimbo.es
1ª edición noviembre 2015
© del texto Ana Galán
© de las ilustraciones Marta Sedano
Impreso en Arlequin
Depósito legal: DL B. 24472-2015
ISBN: 978-84-8470-531-4

Un Ratoncito Pérez muy moderno

Ana Galán y Marta Sedano

Corimbo

Don Ratón Pérez tenía un trabajo muy importante. Todas las noches, salía a buscar los dientes que dejaban los niños debajo de la almohada.

Mientras Ratón trabajaba, su hijo, Ratoncito,
se quedaba en casa jugando con su tableta.

Una noche, a Ratón Pérez le dolían mucho los pies.
—Ay, qué cansado estoy —se quejó—. Este trabajo cada día es más difícil.
—Papá, es que estás muy anticuado —dijo Ratoncito.

—Mira, he diseñado un app con GPS que dice dónde hay que recoger los dientes. Solo tienes que dejar una tarjeta con el enlace.
—¿App? ¿GPS? ¿Enlace? Hijo, qué raro hablas —dijo Ratón.

—Tengo una idea —dijo Ratoncito—,
¿por qué no me dejas ir a mí esta noche
y te demuestro lo bien que funciona?

Ratón Pérez pensaba que su hijo era muy
pequeño y que se distraía con facilidad, pero
la verdad es que le dolían mucho los pies.

—Está bien —dijo—, pero no te distraigas y en cuanto termines, vuelve a casa sin perder un minuto. Te estaré esperando.

Ratoncito se puso sus zapatillas ultraligeras y se aseguró de que tenía
todo: la mochila llena de monedas, el teléfono móvil y la tableta.

Y así fue como salió esa noche de su casa solo.

Cuando llegó a la primera casa, entró sigilosamente en la habitación y vio a una niña durmiendo. Sin perder un segundo, dejó la moneda y la tarjeta debajo de su almohada. "¡Misión cumplida!", pensó.

Estaba a punto de irse, cuando se le ocurrió una idea: ¡Se haría un selfi para enseñárselo a su papá! La niña ni se enteró. "Esto es facilísimo", pensó Ratoncito.

En la siguiente casa, volvió a repetir la misma operación de la
moneda y la tarjeta y claro, no se pudo resistir y se sacó más selfis.
Una vez más, salió de la casa muy contento con su trabajo.

Después fue a casa de otra niña. Ratoncito estaba tan, pero tan emocionado, que en lugar de hacerse un selfi decidió grabarse en vídeo bailando. ¡La niña no movió ni una pestaña!

En la siguiente casa
vivían unos gemelos.
¡A los dos se les había
caído un diente!

Ratoncito saltó de
una cama a la otra
haciéndose selfis
sin parar.

Por fin llegó a la última casa. El niño estaba tan profundamente dormido ¡que hasta roncaba!

Ratoncito pensó que las fotos que había hecho hasta ahora quedaban muy oscuras. Así que puso el flash y disparó la cámara. Pero con el destello, ¡el niño se movió! ¡Oh, no!

Ratoncito salió disparado y se escondió detrás de las cortinas.
¡Puf! ¡Un poquito más y le habrían pillado!

Cuando el niño se volvió a dormir y pasó el peligro,
Ratoncito se escapó por el balcón.

El sol ya empezaba a asomarse cuando llegó
a su casa, donde le esperaba Ratón Pérez ansioso.

—¿Y bien? ¿Cómo te fue? —preguntó Ratón Pérez en cuanto entró por la puerta.

—¡Genial! ¡Ha sido perfecto! —dijo Ratoncito—. ¡Mira, hice un montón de selfis y te las voy a enseñar!

Ratoncito estaba cansado de tanta carrera y le dolían los pies, así que se sentó al lado de su padre y él también metió los pies en el caldero. Los dos empezaron a ver las fotos muertos de risa.

—Ay, hijo, qué listo eres —dijo su papá orgulloso.

De pronto, Ratoncito notó algo que vibraba en su bolsillo. Una vez... y otra... ¡y otra más! "¿Qué es ese ruido?", se preguntó.

Sacó su teléfono. Tenía un montón de mensajes de los niños que había visitado. Cuando leyó el primer mensaje se puso más rojo que un tomate. ¡Se había olvidado los dientes en todas las casas!

—¿Qué ocurre? —preguntó su papá.
—Eh…. Bueno… Por lo visto se me olvidó un pequeño detalle —dijo.

Se levantó, se puso sus zapatillas ultraligeras, se echó la mochila al hombro y con el teléfono en el bolsillo y la tableta en la mano, salió de nuevo a la calle para recoger los dientes.